魔瓶

文：謝武彰　圖：徐進

揚州城裡有一個市場，
市場裡很熱鬧很擁擠。
這幾天更是人擠人，
大家都想來看好戲。
看什麼好戲呀？
噓……

一連好幾天，
胡媚兒都在市場裡
表演魔術和雜技，
大家看了都說很神奇，
於是，就你告訴我、
我告訴你。

這一天早上,
場子上鑼聲響了起來,
大家就很快的圍上來,
你擠我、我擠你,
每個人都瞪大了眼睛,
每個人都想看個仔細。
胡媚兒拿出一個空玻璃瓶,
這個瓶子又亮又透明。

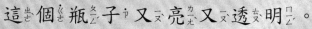

胡媚兒指著玻璃瓶說：
「如果能有人賞幾個銅錢，
把這個瓶子裝得滿滿的，
我就非常滿意了。」
玻璃瓶口圓又圓，
正好可以放進銅錢。

有人拿出一百個銅錢，
　　交給胡媚兒。
她把錢放進了玻璃瓶，
　　嘩啦嘩啦嘩啦……
　　聲音多麼清脆呀！

啊！一百個銅錢竟然
變成了像米粒那麼小。
大家看了都很驚訝，
　　全張大嘴巴。

胡媚兒表演的魔術真神奇，
大家越看越好奇，
大家越看越有趣。
有人給她一千個銅錢，
她立刻把錢放進了玻璃瓶，
嘩啦嘩啦……
嘩啦嘩啦……
聲音多麼清脆呀！

啊！ 一千個銅錢竟然
變成了像米粒那麼小。
大家看了都很驚訝，
全張大嘴巴。

有人偏偏不相信，
就掏出更多錢來跟她拼一拼。
這個人掏出二十萬錢，
那個人掏出三十萬錢，
全都交給胡媚兒。
有了這麼多錢，
還怕瓶子裝不滿嗎？

嘩啦嘩啦 …… 嘩啦嘩啦 ……
嘩啦嘩啦 …… 嘩啦嘩啦 ……
幾十萬錢，變小 …… 變小 ……
還是變成像米粒那麼小。

這小小的玻璃瓶，
多像個無底洞啊！
大家越看越覺得神奇，
胡媚兒，笑咪咪。

馬匹和驢子塞不進瓶子吧？
有人偏偏想試一試，
就把馬匹和驢子，
都交給胡媚兒。

胡媚兒，笑咪咪，
她把驢子和馬匹，全都放進了瓶子裡。
馬匹和驢子變得像蒼蠅那麼小，
在瓶子裡跑來跑去。

這魔術般的瓶子，真神奇！
它到底還能裝下什麼東西？

有ㄧ個稅ㄕㄨㄟˋ官ㄍㄨㄢ押ㄧㄚ著ㄓㄜ
幾ㄐㄧˇ十ㄕˊ車ㄔㄜ的ㄉㄜ茶ㄔㄚˊ葉ㄧㄝˋ、綢ㄔㄡˊ緞ㄉㄨㄢˋ
和ㄏㄜˊ蠶ㄘㄢˊ絲ㄙ走ㄗㄡˇ過ㄍㄨㄛˋ來ㄌㄞˊ，
正ㄓㄥˋ要ㄧㄠˋ到ㄉㄠˋ京ㄐㄧㄥ城ㄔㄥˊ去ㄑㄩˋ交ㄐㄧㄠ差ㄔㄞ。
他ㄊㄚ看ㄎㄢˋ到ㄉㄠˋ場ㄔㄤˇ子ㄗˇ那ㄋㄚˋ麼ㄇㄜ吵ㄔㄠˇ，
就ㄐㄧㄡˋ停ㄊㄧㄥˊ下ㄒㄧㄚˋ來ㄌㄞˊ看ㄎㄢˋ熱ㄖㄜˋ鬧ㄋㄠˋ。

稅ㄕㄨㄟˋ官ㄍㄨㄢ看ㄎㄢˋ到ㄉㄠˋ胡ㄏㄨˊ媚ㄇㄟˋ兒ㄦ的ㄉㄜ玻ㄅㄛ璃ㄌㄧˊ瓶ㄆㄧㄥˊ，
竟ㄐㄧㄥˋ然ㄖㄢˊ能ㄋㄥˊ裝ㄓㄨㄤ那ㄋㄚˋ麼ㄇㄜ多ㄉㄨㄛ東ㄉㄨㄥ西ㄒㄧ，
他ㄊㄚ也ㄧㄝˇ覺ㄐㄩㄝˊ得ㄉㄜ非ㄈㄟ常ㄔㄤˊ稀ㄒㄧ奇ㄑㄧˊ！

稅官暗暗的想著⋯⋯
我這幾十輛的大車隊，
那小小的瓶子哪能裝得下？
而且，這些全都是要交給皇上的，
她敢不還給我嗎？
於是，他就對胡媚兒說：
「你能把我這一大隊車馬，
全都裝進瓶子裡嗎？」

胡媚兒微笑著說：
「只要大人答應就行了。」
稅官不知道玻璃瓶的厲害，
就說：「好，那你就
試一試好了。」

胡媚兒把玻璃瓶稍微傾斜，
對著稅官的車隊大聲喊——
大家看著驢、馬自動排好隊，
幾十輛車子轟隆轟隆的跑著——
全都跑進玻璃瓶裡了。

啊！稅官的車隊，
好像一群小螞蟻，
在瓶子裡跑來跑去。

稅官嚇得說不出話來。
這車隊如果弄丟了，
誰也保不住自己的腦袋。

大家瞪大眼睛，看著──
瓶子裡的銅錢、馬匹和驢子，
還有稅官的車隊，
越變越小了……
越變越小了……

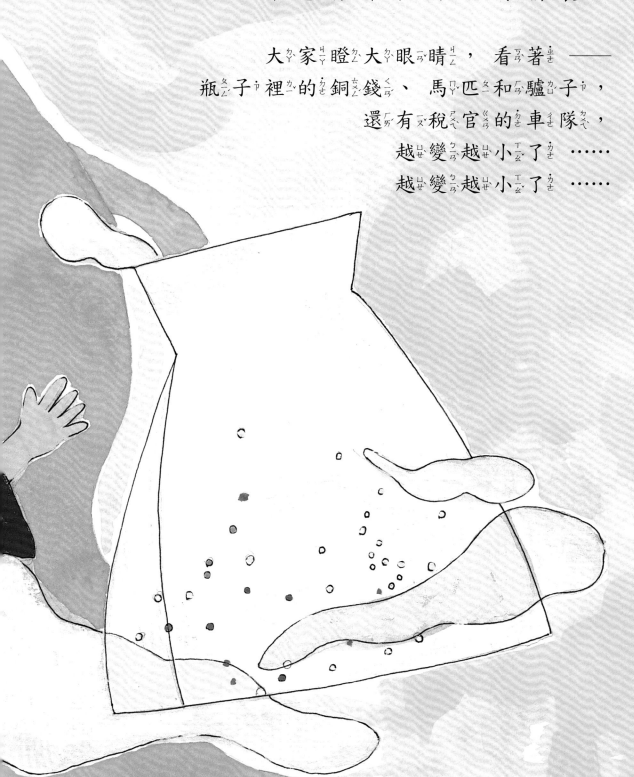

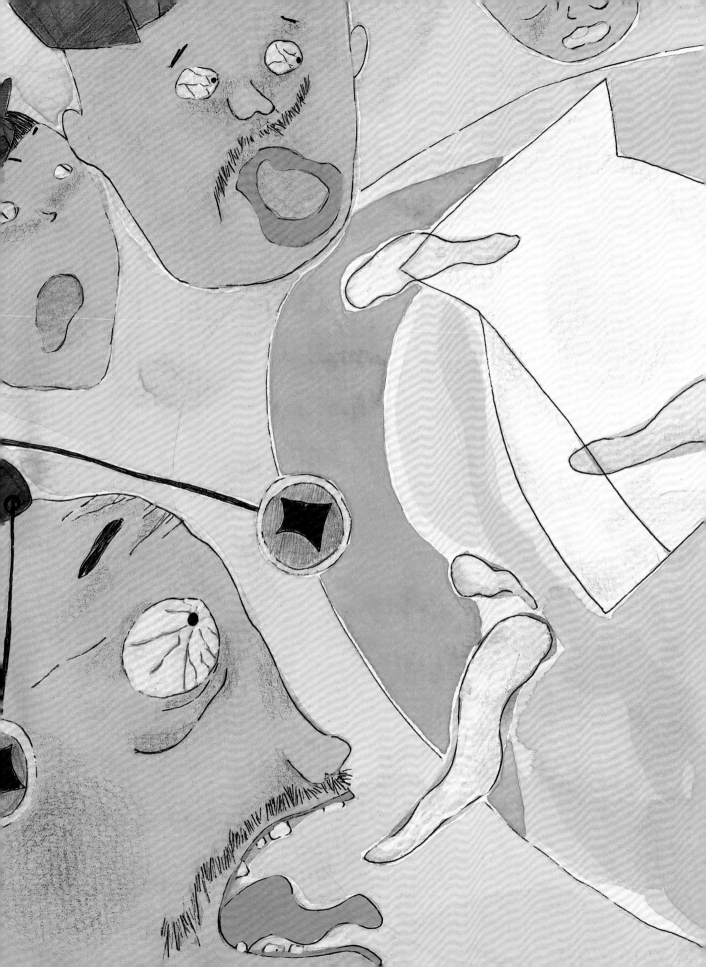

大家瞪大眼睛，　看著——
瓶子裡的銅錢、　馬匹和驢子，
還有稅官的車隊，
越變越小了……
越變越小了……
一下子——
竟然全都不見了！

大家驚訝得張大嘴巴，
那麼多東西都哪裡去了呀？

稅官正要揪住胡媚兒，
她卻搶先一步，
跳進玻璃瓶裡了。
胡媚兒也變得小小的，
她越變越小、越變越小……
過了一會兒，也不見了！

稅官急得抓起了玻璃瓶，
東看看、 西看看，
正著看、 倒著看，
玻璃瓶， 空空的！
他再用力的左搖搖、 右搖搖，
玻璃瓶， 還是空空的！

看熱鬧的人，
我看著你、 你看著我，
都驚訝得說不出話來。
這胡媚兒哪裡去了？

稅官急著想把車隊找回來，
他把玻璃瓶用力一摔，

砰！ 嘩啦嘩啦——

這神奇的玻璃瓶碎了！
看熱鬧的人全都
嚇壞了！

裝進瓶子裡的那麼多東西，
竟然全都不見了！
跳進瓶子裡的胡媚兒，
也不知道哪裡去了？
只有地上的玻璃碎片，
一閃、一閃的亮著……

文　謝武彰

國家文藝獎得主。

生肖是老虎，很喜歡吃餃子；所以就變成「吃餃子老虎」了。

有幾本珍藏的書，有幾張好聽的唱片，有幾個老朋友。

居住在一個船越來越少的港都。

寫兒童詩、寫兒童散文、寫圖畫書……

作品的篇幅都是短短的，是一個經常在「尋短見」的人。

編、著作品二百冊及專利三項，是一個經常在腦力激盪的人。

在小熊出版的作品有《小黑猴》、《夜裡來的老虎》、《小不倒翁》。

圖　徐進

籍貫浙江餘姚，原是一名電氣工程師，

後來受到兩位老師的影響，改行投身繪本插畫藝術創作，曾留學法國，現居上海。

他的工作室在離地七十二公尺的高空中，每天需要坐著小方盒子回到地面。

他喜歡觀察街道行人，喜歡功能多的背包，喜歡散步時腰帶上的鑰匙發出的聲音。

在小熊出版的作品有《夜裡來的老虎》、《小不倒翁》。

他的個人作品網址是：www.flickr.com/photos/antonyxujin

創作圖畫書

【經典傳奇故事】

魔瓶

小熊出版讀者回函　　小熊出版官方網頁

文：謝武彰｜圖：徐進

總編輯：鄭如瑤｜責任編輯：陳怡潔｜美術編輯：王子昕｜印務經理：黃禮賢

社長：郭重興｜發行人兼出版總監：曾大福｜業務平臺總經理：李雪麗｜業務平臺副總經理：李復民｜實體通路協理：廖建閔

網路暨海外通路協理：張鑫峰｜特販通路協理：陳綺瑩｜出版與發行：小熊出版・遠足文化事業股份有限公司

地址：231 新北市新店區民權路 108-2 號 9 樓｜電話：02-22181417｜傳真：02-86671851

劃撥帳號：19504465｜戶名：遠足文化事業股份有限公司｜客服專線：0800-221029

E-mail：littlebear@bookrep.com.tw｜Facebook：小熊出版

讀書共和國出版集團網路書店：http://www.bookrep.com.tw

法律顧問：華洋法律事務所／蘇文生律師｜印製：漾格科技股份有限公司

初版一刷：2012 年 10 月｜二版一刷：2014 年 10 月｜三版一刷：2019 年 4 月｜定價：300 元｜ISBN：978-957-8640-86-3